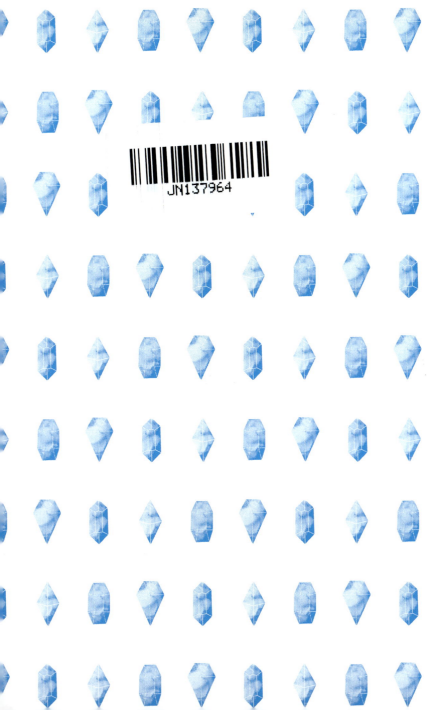

The
Constellation
Naneuq

ナニュークたちの星座

文　雪舟えま
絵　カシワイ

私はナニューク３７９２２号。

午後の学習が終わって、３７９２４号と３７９２５号と私の三人で鉱山に向かった。

歩いて五分ほどの校舎から鉱山までの道には、おなじように放課ごの奉仕《ほうし》活動に向かう仲間たちの背中が点てんとつづいている。

「そうだ。22にもひとつあげたいんだ」

３７９２４号がかばんをあけて、からからと音のする小さな缶《かん》を取りだした。ふたをきゅっと回してひらくと、つやつやの真っ黒な木の実が四つ入っていた。

「すごい光ってる」と、私はいった。

「きれいでしょ」と、３７９２４号はうれしそうににこっとした。

「そーんなもの取っておくなよ！　虫がわく」と、缶の中をのぞきこんできた３７９２５号は、はじけるように笑った。

３７９２４号は３７９２５号を無視して、こっちに缶をすすめてくる。

「25にいってない。22、すきなの取りな」

いちばん大きいのは37924号がたいせつに思っているだろうから、私は小さめのをひとつもらった。

仲間たちとは下二けたで呼びあう。食堂や運動場なんかで「22！」と呼ぶ声がして、返事をすると、呼ばれたのは「38022号」とか「37322号」のことだったりすることもあるけど、私たちは番号のごく近い同学年の者とつるんでいることがおおいので、たいていは問題ない。

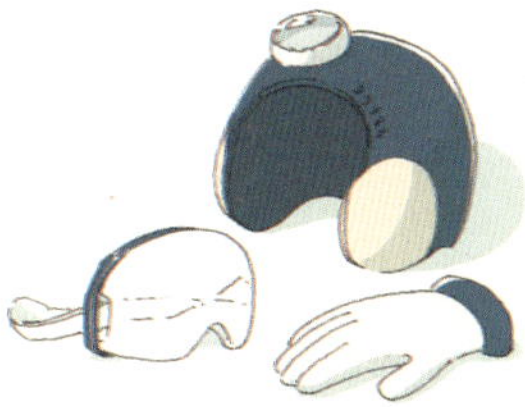

鉱山の入口にはロッカールームがあり、私たちはそこでかばんをおいて作業着に着がえ、ヘルメット、ゴーグル、マスク、グローブを身につける。採掘場《さいくつじょう》では有毒なガスなど出ていないけど、涼《すず》しくて湿度《しつど》が高く、長時間いると体を冷やすことがあるのだった――私と「健康パートナー」になっている37921号が、けさ、のどが痛いといっていたけどだいじょうぶだろうか。

「22、もう行けるか？　24、それじゃまた自分で靴《くつ》ひもふむぞ」

「そういう25こそ背中出てるよ」

　私たちは声をかけあっておたがいの装備をチェックし、山にあけられた入口をくぐって採掘場へと入っていく。

　目をとじていても、そこに一歩ふみこむと、自分の体がすうっとひろがる心地がするから、とても天井《てんじょう》の高い空間なのだとわかる。目をひらけば、いちめんの闇《やみ》の中に大小の青い星ぼしがきらきら輝《かがや》いている。この星のひとつひとつが隠児石《かくれごいし》だ。あたりには仲間たちのささやき声や、土や石につるはしの当たるこつこつという音がひくく響《ひび》く。私たちはこれより一時間から二時間ほどを、思いおもいにこの美しい空間や、ここからのびている何本かの採掘トンネルのどこかですごす。

「きょうはどうする？　僕《ぼく》いっぱい採りたいけど」と、24号がいう。

「オレは難易度の高いコース」と、25号が答えた。

「おれはしずかなところに行こうかな」と、私はいう。

「さいきんしずかなところがすきだな22は。もの思いの年ごろか」と、ひやかす口調で25号がいう。

「おない年だろ。25みたいにうるさいのと離《はな》れたいんだよ」

私がそういうと、25号はなにかおかしな表情をしてみせたようだけど、ゴーグルとマスクをしているので見えない。きっと、舌を出したんだと思う。でもいちおう、きょうの25号は難易度の高いことをする――採掘しやすいたいらな場所ではなくて壁《かべ》や斜面《しゃめん》にクライミングして石を採るつもり――だというから、気づかう言葉もつけくわえておこう。

「じゃあ25、気をつけて。夢中になって登りすぎるなよ」

「へいへい」

三人はそこで解散した。あとはそれぞれすきな時間に作業をきりあげて、つぎに会うのは宿舎でということになる。

私はあまりほかの者の来ないところ――いくつにも枝分かれした採掘トンネルのうち、いちばん入口から遠いトンネルに入った。まだ浅くてせまいけど、ほぼ私がひとりで掘《ほ》ったようなもので、愛着がある。

座ることもできないほど天

井のひくい穴に、体をすべらせて横たわると、「ああー」と、リラックスしたため息が出た。やはりなじみの場所はよい。そして、目の前の土の壁をながめ、ぼんやりとにじむように見えてきた隠児石のひとつを、小型つるはしを使うまでもなく指先でひっかいて採った。まずは一個獲得《かくとく》。

　私たちはみんな、隠児石を採掘するために作られたクローンだ。

隠児石という名前は、この石が「かくれんぼをする」性質からきている。子どもの目にはこんなにはっきり特別な石だとわかるのに、大人たちにとっては、どこにでもある灰色のじみな石にしか見えない。

　この石は精密機械の部品に使われたり、粉にして薬として用いられたり、うつわの強化剤《ざい》として焼きものにまぜたり、いくつもの用途《ようと》がある。首都の紅茶街《ティー・シティー》の建物や乗りものの照明にも、強い明るさを保つためにこの石を使うことが欠かせないという。あの都会の夜の輝きは自分たちの集めた石のおかげなんだと思うと、私たちも、きょうはがんばってあと一個、二個、おおめに採ってみようかななんていう気持ちになる。

むかしから隠児石の産出と加工はこの地方の主要な産業のひとつだった。変わっているのはその採掘方法で——このあたりでは、生まれてくる子どもたちの何割かに隠児石を見つけることのできる視力が備わっていて、そうした子どもたちの指示のもとで大人たちが掘り出していたのだった。

時代がくだって、子どもを鉱山に行かせたがらない親がふえ、いちばん精度の高い視力をもっていた少年を原型として、隠児石採掘の専門家として私たちが作られた。その少年がナニュークという名前だったので、私たちクローンのこともまとめてナニュークと呼ばれ、さらにひとりずつは製造番号で呼ばれる。

この特別な視力は成長すると失われ、だいたい十四、五歳《さい》で隠児石の青い光は見えなくなってしまう。ナニュークはすこしでもこの子ども時代を長くたもてるように改良されていて、人間の三倍も成長に時間がかかるという。

私はゆっくりとしたペースでひとつ、またひとつ、と、闇の中にじわっと浮《う》かびあがる青い光を見つけては、掘り出していった。浅いものは指先で、すこし深く埋《う》まっているものは小さなつるはしを使って。土がぱらぱらとゴーグルのうえにこぼれてきた。

成長して、隠児石が見えなくなったナニュークはどうするか？見えなくてもできる作業——たとえば、採掘のときに出た土を集めて外にすてにいく仕事や、炊事《すいじ》や洗濯《せんたく》、そうじなど学校や宿舎の仕事をして、ここにのこる者がおおい。そして、数はすくないものの学校や宿舎を卒業して、人間たちの世界へ出ていく者もいる。

私もこのところ隠児石が見えにくくなってきていた。以前なら、採掘トンネルに入った瞬間《しゅんかん》に、あざやかな青い星くずが自分めがけて降りそそいでくるかのようだった。いまは暗がりをじっと見つめて、淡《あわ》い光が浮かんでくるのを待っている。たぶんそう遠くない日に、完全に見えなくなってしまうだろう。

私は自分の身のふりかたをずっとまえから決めていた。ここを卒業したら、23号を見つけにゆくと。

＊　＊　＊

気がかりだった21号は、やはり治療《ちりょう》テント入りになっていた。

私は夜、仲間たちとベッドに入るまえに保健係に呼び出され、こんやとあすは21号のテントに入ってやってほしいといわれた。

「21、やっぱりかぜでした？」と、私はたずねた。

「寝《ね》ちゃったみたいよ、トンネルで。気づいたら四時間たってたって」と、笑いながら保健係がいった。保健係は、とうに採掘の仕事は卒業した大人のナニュークだ。

　私たちはけがや病気をしたとき、治療テントに健康パートナーと半日から数日いっしょに入る。これはナニューク同士がほとんどテレパシーと呼べるくらいに高い共感能力をもっている性質を利用した治療法で、けがや病気のナニュークも健康なナニュークといっしょにすごすことで回復がはやまるのだった。

　治療ルームには十個のテントがつ

るされ、そのうち半分ほどにナニュークたちがいた。私は21号を見つけるとそのテントに入っていった。

「やあ。トンネルで寝たって？」

「寝冷えしちゃった」といって鼻をすすりあげた21号に、私は鼻かみ紙をケースから一枚引き抜《ぬ》いて渡《わた》す。

「もう鼻かみたくないよ！　ひりひりして痛い」

21号はうらめしそうにいった。

「おれのせいみたいにいうなよ」

「ハー、頭ぼーっとする。はやく寝ようよ、22」

私たちはならんで横たわった。

私たちの原型のナニュークは活発で頭がよく、正義感の強い少年だったと伝えられている。しかし、彼《かれ》から作られた私たちの性格はさまざまだ。木の実などを集めてちよっと子どもっぽいところのある24号、むずかしいことにチャレンジするのがすきで

皮肉屋の25号、居眠《いねむ》りしがちなのんびり屋で、かつ甘《あま》ったれな21号。

ささやかな差は外見にもあらわれている。24号はやせていてまぶたや頬《ほお》に目立つほくろがあるし、25号は背が高いほうでややつり目。21号は色白でちょっとぽっちゃりしている。

私もまた、仲間たちからみればひとくせある性格や外見なのかもしれない。自分では、わりとひとつのことをずっと思いつづけているタイプかなと思う。そういえば、25号から「しつこい」といわれたことがあった。

私たちの体や性格にばらつきがあることは、クローン技術が発達した現在も変わらない。おなじものを作ろうとしてもしぜんにできてしまうこのちがいこそ、すばらしいのだと、私たちは教えられて育った。

消灯時間になり治療ルームの明かりも落とされた。あきれたことに、すぐに21号は大きないびきをたて始めた。私はそんなに眠くなくて、よそのテントからもれてくる話し声を聞くともなく聞いていた。

いちどだけ23号といっしょに治療テントに入ったことがある。彼は鉱山で足を骨折したのだった。彼の健康パートナーは24号だったけど、24号もそのとき高熱を出していて治療される側だった。23号は私を、24号は25号をそれぞれ臨時の健康パートナーにして治療テントに入った。

それまでも23号とは、食堂や放課ごの奉仕活動にいっしょに行くメンバーのひとりだったけど、とくに仲がよいわけではなかった。しかし、ひと晩テントですごして、こんなに気のあうやつが近くにいたのになんてぼんやりしていたんだろう、とおどろくくらいに意気投合した。

話題がつきなくて、宿舎祭で演じる芝居《しばい》の役の

こと、教師たちのこと、食堂のすきなメニュー、紅茶街《ティー・シティー》ではやっている音楽や映画のこと、などなど、夜が明けるまでおしゃべりをした。保健係に何度も「うるさい」「寝なさい」と注意されてしまった。23号と話していると心の深いところが揺《ゆ》さぶられて、寝ころんでテントの天井を見あげているだけなのに、胸の中の景色がどんどん変わっていく。高速の乗りものに乗っているみたいにどきどきして、話すまえよりも体が軽くなっていくのだ。人と話していてこんな感じになったことははじめてで、しかられても、おしゃべりをやめられなかった。

23号は、仲間内ではめずらしく、ゆるく波うつくせ毛のもちぬしだった。ナニュークたちはほとんどがまっすぐな髪《かみ》で、数年にいちどこういう髪質の子が出ると教師はいっていた。

私と23号の健康パートナーとしての相性はとてもよかったようで、なんと、23号の骨折はそのひと晩で治ってしまった。朝、なにごともなかったように彼は自力で立ちあがり、テントを出た。

しゃべりつかれた明けがたに、「卒業したら海辺の町で暮らしたい」と、23号は胸に秘めていた夢を話してくれた。

私たちの町は山にかこまれており、だれも海を見たことがなかった。

「22もよかったらどう」と、23号は笑った。

「いいね」と、私はいった。

そんな素敵な約束をしたのに、はじめて親友ができたと思ったのに、23号はある日こつぜんとすがたを消してしまった。

一説には、そのめずらしく美しいくせ毛のために誘拐《ゆうかい》されたのではないかといわれている。

監督室
外出中
コンコン
ガチャ
しつれい
しまーす…
広〜い！
だれもいない…
って、今日監督《かんとく》たち出張だもんな
こんなたのしいチャンス逃《のが》すもんか！

紅茶街《ティー・シティー》はあっちかな
25号も座ってみなよ
このふかふかに
あ、あれ治療《ちりょう》テントの先生たちの代かな
若い！坑道《こうどう》もまだ浅いね～
監督席座ってみたかったんだー
ボタンたくさん
ここでぼくらを見守ってるんだね

あー
あー
マイクテス!
いちばん偉《えら》い人の席より撮影中《さつえいちゅう》!
あっ24号だ
採掘場《さいくつじょう》のモニタにぼくら映ってる!
あいつら飲食禁止なのにおやつ食べてるよ

あっちもたのしそー
あとでぼくらもいってみようよ
……ねぇねぇきょう
天国じゃない？
AIR
貴重な映像をありがとうございました
採掘場作業員25号さんの投稿《とうこう》でした
25号さんには番組特製健康パートナー
「21号」をさしあげます！
いらね～！
くちゅん！

SCHOOL LIFE
ICE SKATING

LUNCH TIME
SCHOOL TRIP

＊
＊
＊

ある朝、目が覚めると同時に「いまだ」という声が頭の中に聞こえて、それはどんどん大きくなっていった。まだすこし信じられない気持ちであたりを見まわすと、ベッドであくびをしたり着がえをしている仲間たちがいた。

いつもの朝と変わりない。しかし、ここで私のできることはもうない、終わった、という気持ちが、確信になっていくのをとめられなかった。

私は隠児石《かくれごいし》の採掘作業を卒業したいと教師に伝え、みとめられた。卒業を希望するナニュークがだいたい五、六名になると、卒業会がひらかれる。月はじめの朝食のあとの卒業会で私の番号が呼ばれたとき、24号は泣いて、25号はうつむいてだまりこくっていた。ふたりにはまえもって伝えていて、思い出づくりに三人でピクニックに出かけて心の準備はできていたはずなのに、私も24号につられて涙《なみだ》ぐんでしまった。

私のほかに四名のナニュークが卒業生となった。私よりほかの全員、採掘場の手伝いや教師や調理係、幼いナニュークの養育係をするためにこの土地にのこるという。私だけが紅茶街《ティー・シティー》へ旅立つ。

ナニュークの中には、私が紅茶街へ行くのはいがいだね、などという者もいた。22号でも華《はな》やかなところに行きたがったりするんだね、ここが退屈《たいくつ》なの？　だなんて。私がそこへ行くのは、大都会にあこがれているからでも、そこなら仕事が見つかりそうだからでもなかった。私なりに、とある計画があったからだ。

ベッドまわりのもちものをまとめて、私は宿舎をあとにした。社会見学で出かけたときの記憶《きおく》をたよりに、町の小さな駅で紅茶街までのきっぷや飲みものを買って列車に乗った。列車はすいていて、私はシートに腰《こし》かけていたが、とちゅうでお年寄りに席をゆずり、それからはずっと立って窓の外の景色を見つめていた。床《ゆか》や服のうえを流れる光や色を見おろしたり、体に伝わるゆれを楽しんだ。

ポケットには、採掘場の

総監督《そうかんとく》のサインが記された紹介状《しょうかいじょう》が入っている。内容は、「37922号は隠児石採掘作業に長年貢献《こうけん》した者であり、その身元は総監督である私が保証する。本状の提示を受けた関係諸官は、37922号の目的地までの安全かつすみやかな移動の協力と住居の供給をされたい」というようなものだ。

日が落ちて、列車は紅茶街に近づいていた。はるかなむかしに、外国から旅の商人たちを乗せた船がこの地にたどりついた。紅茶商たちがここに住みつき、人が集まり、発展していったことから紅茶街と呼ばれるようになった。街のはじまりはたった六軒の茶店《ちゃみせ》だったという。

空が暗くなるにつれ、街には明かりがふえてきた。終点の紅茶街でたくさんの人びとともに私は降りる。高い天井にシャンデリアの輝くホームには、人気歌手ニウの新しい楽曲の広告がずらりとならんでいた。乗客がゆきかう中、歌手の等身大ホログラ

ムがポーズを決めたり踊《おど》ったりしている。いなずまのような髪につつまれた、ピンクやブルーのくまどりのある顔を見ただけでは、男か女かわからない。ニウは性別非公表の歌手だった。

　きらびやかな衣装で着かざったニウのホログラムの前に立ってみると、グリーンの蝶《ちょう》のようなアイシャドウの奥《おく》の目は、いまにも私に向けて笑いかけてくれそうだった。

もっとホログラムを見ていたかったのに、先をいそぐ人びとの流れにぐんぐん押《お》されて、私は心ならずも駅の外に出てしまう。夜空のしたに真昼のように明るい街がひろがっていた。

街路灯や大きな建物の入口に灯《とも》るのが、私たちの集めた隠児石を使った照明なのだと思うと、きょろきょろとうえばかり気にして歩いてしまい、道をゆく人とぶつかりそうになる。

紹介状を受けとるときに教えてもらった住宅供給局に向かう。卒業したナニュークが紅茶街で暮らすとなると、まずはここでさいしょの部屋を貸してもらうのだった。

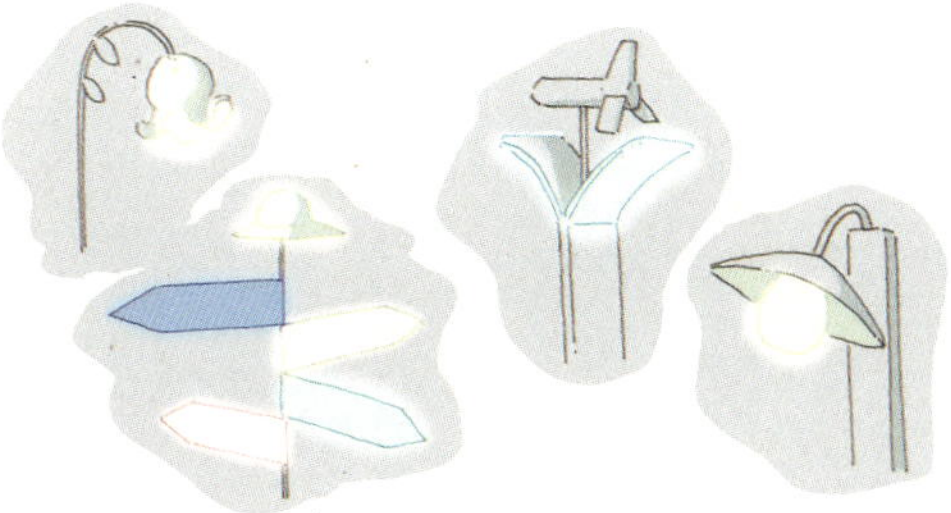

髪の毛の白っぽい、太った局員は紹介状を読み、私の顔を見て「おつかれさまだったね」といった。

「いままで世話をしたナニュークはみんな暮らしぶりがまじめで、家賃も遅《おく》れたことがないし、近所でも評判いい。君もまじめそうだな」

そう見えるんだろうか。私はちょっと首をかしげて、笑っていう。

「よろしくお願いします」

私は集合住宅の小さな一室に入った。そこはナニューク用の部屋で、ナニュークがいないあいだは人間が住むこともあったらしい。

テーブルやベッド、調理道具など、生活を始められる道具はそろっていた。私はすぐには照明をつけず、カーテンをあけた窓から街の明かりが部屋を照らす光景を楽しんだ。そのうす青い光の中で、朝からずっと背負っていた荷物をおろしてひろげ、着

がえやお気に入りの食器や、仲間たちからのプレゼント、身のまわりの品じなを棚《たな》やひきだしにおさめた。

私はお湯をわかして、自分のために一杯《いっぱい》のお茶をいれた。外をゆく自動車の音や人びとの話し声、どこからか音楽が聞こえてくる。

「…………」

私はお茶を飲み、目をとじて、耳にとびこんでくる街の音や舌のうえを流れる味、床板のかたさ、皮膚《ひふ》に感じる空気の温度や湿度、カップをもつ手に伝わる熱などを味わった。ほんのけさまでいた場所とは、いまはぜんぜんちがうところにいるのだと感じていた。

空腹をおぼえ、近所の店で食材を買いもとめ、台所で自分のための食事を作って食べた。カーテンをとじてベッドに横になる。天井を見あげているうちに、視界にもやもやとした光があらわれはじめた。それは採掘場に入ったあと、目がなれて隠児石の

ニウは37923号だ

光が見え始めるのとそっくりだった。光は隠児石の輝きとおなじブルー。まさか、と、思わずつぶやく。私は目をこすり、どきどきと高鳴ってきた胸をおさえた。やがて天井に文章が浮かびあがってきた。

そこにはこう書いてあった――「ニウは37923号だ」

私はその文字を何度も目で往復し、「やっぱりそうか！」といった。人気歌手のニウは幻想《げんそう》てきなヘアスタイルや風変わりな化粧《けしょう》で素顔を想像しにくいが、宿舎の談話室でそのミュージック・ムービーを観たとき、これは23号ではないかと私は思った。でもいっしょに観ていた仲間たちのだれもそんなことをいわないので、だまっていた。

「ニウは37923号だ」

私は声に出して天井の文字を読んでみる。ここに住んでいたナニュークはそのことに気づいたのだ。

天井に書かれているのはそれだけではなかった。目をこらすと、たくさんのメッセージが大きな字小さな字であちこちに書かれている。

「29210号、この部屋で二年暮らした。楽しかった。ありがとう！」

「きょうからここで新しい生活が始まる。33985号」

「あした結婚《けっこん》します！　この部屋さいごの夜。角の弁当屋の揚《あ》げモチャが好物でした。34362号」

「すべてのナニュークと人類に幸あれ。30744号」

ナニュークはみんな、宿舎を出るときにお気に入りの隠児石をもってくるものらしい。もうその輝きはほとんど見えなくても、私たちにとってはいつまでもお守りのようなものなのだ。そして、まだ特別な視力がかろうじてのこっているあいだに、いつかここへくる後輩《こうはい》へのメッセージを書きつけておきたくなるのだろう。私もひとつ、手にぎゅっとにぎれるくらいのかけらをもってきていた。

私はいつのまにかベッドのうえに立って、天井のすみずみまで文字をさがして読んでいた。ナニュークたちの言葉はどれも、ここで新生活が始まることへのときめきや、ここを去る日の感謝の想い、後輩へのアドバイスなどで、読むだけで胸に熱い勇気があふれた。私たちはなんでもできるという気持ちがみなぎった。

枕《まくら》もとの石をひろって、天井に書きつける。

「３７９２２号本日到着《とうちゃく》。３７９２３号をむかえに来た」

全身がくすぐったくなるほどのうれしさと安心を感じ、先輩《せんぱい》ナニュークたちのメッセージの星座に抱《だ》かれるように、紅茶街はじめての夜を私は眠った。

＊
＊
＊

3 4 3 6 2号のいっていた揚げモチャのうまい弁当屋というのをさがしたけど、その店はもうなくなってしまったらしい。弁当屋のあとには麺麭屋《パン》ができていて、その店主に弁当屋のことをたずねているうちに、どういう話の流れだったか、私はそこで麺麭職人見習いとして働くことに決まってしまった。私がナニュークだと伝えると、店主はとてもおどろいていた。「ナニュークってほんとうにいるんだな、はじめて見

た」といっていた。

　私は深夜に、麺麭の中につめたりはさんだりする具材――ジャムや野菜の煮物《にもの》や、甘い味や辛《から》い味の焼き麺《めん》を作る仕事をすることになった。クローン人間がめずらしいらしく、私の一挙一動を見守っていた店主も、「どこか特別なのかと思って観察してたけど、ふつうの男の子だね」と笑った。

　昼間は街を散歩した。地図や本も買ったし、石けんや下着やハンカチなどこまごまとした買物をした。街角やショッピングセンターにあるニウの新曲の宣伝ホログラムに会いに行くのが日課になった。もちろん新曲はすぐに買って、部屋でも散歩中にも聴《き》いていた。

私たちは流れる光　流れる色の群れ
この冷たい星で　ひとりはぐれたと　思いこんでいたけど
顔をあげたら　みんながいた
顔をあげたら　すべてがあった
旅をつづけよう　照らしあって
旅をつづけよう　まざりあって

カラフルなアイシャドウやくまどりのメイクをぬぐい去った顔を想像するのはむずかしかったが、23号だと感じてしまうのはどうしようもない。

「むかえに来たよ」

と、ホログラムの前に立っていってみる。

「新曲もいい曲だね。ちょっとホームシックになりそうだけど」

ニウはデビューからしばらくは音楽家の作った曲を歌っていたが、やがて自作するようになった。彼が作った歌詞だと知ってしまうと、宿舎の仲間たちのことを歌っているように思えてくる。

「さて。おれが来たことをどうやって伝えるかだな」

微笑《ほほえ》みかけると、ニウも微笑みをかえした。よくできている。

「どうしたらいい?」

はたから見ると、人気スターのホログラムとお話ししているあぶない人だろう。通行人の中にこちらをけげんそうに見ている人がいたけど、ニウも私と話したがってい

郵便はがき

料金受取人払郵便

小石川局承認

8368

差出有効期限
2020年5月
31日まで

郵便切手はいりません

112-8790

089

東京都文京区
小石川5-5-5
株式会社 アリス館
編集部 行

あなたの 〒 －
ご住所

お電話番号 （ ）

ご職業
1．学生 2．会社員 3．公務員 4．教員 5．自由業
6．自営業 7．主婦 8．アルバイト 9．無職 10．その他（ ）

今後、弊社からの情報をお送りしてよろしいですか？ □はい □いいえ

※ご記入いただいたお名前・県名・年齢・ご職業・ご感想などの個人情報を、弊社宣伝物、ホームページで利用させていただくことがあります。

ご感想をお寄せください

あなたのお名前　　　　　　　　　　　　　　　（　　　）さい

お子さまのお名前　　　　　　　　　　　　　　（　　　）さい

メールアドレス

この本の名前

この本を何でお知りになられましたか？

1.書店で（店名　　　　　　）　2.広告で　3.書評で　4.インターネットで

5.人にすすめられて　6.プレゼント　7.その他（　　　　　　）

る気がして、なかなかそこを離れられなかった。

夕方から眠り、深夜に起きて仕事に行き、朝に帰る。あまった麺麹をもたせてくれるので食事にはこまらなかった。毎日自分の作った具を食べていると、きょうはきのうよりおいしくできた、もうちょっと辛いほうがおいしいかもしれない、などと気づく。そんな発見も楽しかった。

仕事の種類はちがうものの、採掘場でやっていたことと通じるものがある。ひとりでもくもくと作業をするのはまったく苦ではない、どころか、とても楽しい。深夜の麺麹屋のキッチンで、調理道具を自分のあつかいやすいように配置し、野菜やくだものを切ったり煮こんだり、麺をゆでたり炒めたりしているとあっというまに朝になる。

麺麹につつむもののうち、店の名物のたまごクリームだけはまだ作らせてもらえない。それはとても優しく繊細《せんさい》な味わいの甘く黄色いクリームで、私も、それを教わるのはまだ先にとっておきたいような、しばらくたいせつに想っていたいような味のものだった。

＊＊＊

休みの日はニウに手紙を書く。

公園を見渡せるカフェのテラス席が、私のお気に入りのテーブルだ。熱いチョコレートを一杯——ときにはジャム入りの分厚いバタービスケットも注文し、ゆっくり飲んだり食べたりしながら、手紙を書く。うまく書きあげた日は帰り道の通信局のポストに投函《とうかん》するし、もうちょっと考えたい日はそのまままもち帰ってつづきを書く。

そんなふうにして、新曲だけでなくデビューからいままでの曲をすべて聴き、週に一回、一曲ずつその感想を書いて送りつづけていた。

季節は変わっても返事はこなかった。

「ネヅは休みの日って、なにしてるの？」

店の奥さんはいった。

ネヅというのは、人を番号で呼ぶのはなじめないからと、店主夫妻が私につけてくれたあだ名だ。彼らには娘《むすめ》がひとりいるのだが、ネヅは男の子が生まれたらつけようと思っていた名前だという。

「手紙を書いてる、かな」と、私は答えた。

「手紙？　へえ、いがい。だれに？」奥さんは目をきらっとさせて問う。

「ニウ」

「え？」

「ニウです。歌手の」

「えー！　あなたニウのファンなの!?」

毎週送りつづけているのに返事がこないとうちあけると、「人気歌手なんだもの、当たりまえじゃない！」と、世間知らずだと笑われてしまった。

「ファンレターはここへ送って、と書いてあるからそこへ送ってるんだけど……」と、私。

「ミュージック・サンクチュアリだっけ？　ニウの所属事務所って。でもきっと、本人まで届いてないと思うなあ」と、奥さん。

「本人に届かない？」

「あのくらいのスターにもなれば毎日どれだけの手紙やプレゼントがくるか。考えてごらんなさい。そんなの読むひまあると思う？」

「…………」

頭の中がぐるぐるとして、私はなにもいえずに立っていた。いいすぎたと思ったのか、奥さんは申しわけなさそうにいった。

「ごめんね。読んでもらえるといいね」

その日はただでさえ、調理で味つけのミスをして食材をむだにしてしまい、私は落ちこんでいた。店主はしかりはしなかったが「なれてきたから気がゆるんだんだろう」とつぶやき、その言葉は胸にささった。その通りだったからだ。そこへきて奥さんの言葉。私は地面を見つめながらとぼとぼと帰った。

「いろいろあるが、ここに来てよかった。紅茶街《ティー・シティー》ありがとう。３４１１２号」

暗がりで毛布をかぶり、天井を見あげながら思う。先輩たちも失敗したりかなしいことがあったとき、こんなふうにメッセージを眺《なが》めてなぐさめられていたんだろうか——。

「まだ見えるうちに僕も書いておこう。みんなありがとう。幸せに。３３６１５号」

隠児石《かくれごいし》で書かれた文字を見つめていて、はっと息をのんだ。そうだ、そうすればいいじゃないか、どうして気づかなかったんだ、毎日この天井いっぱいの文字を眺めていながら！

私は起きあがり、きょう出すつもりだったニウへの手紙の、封筒《ふうとう》のおもてに隠児石をこすりつけた。紙に浮いた灰色っぽい粉を払《はら》い落とす。そのうえからいつものペンでいつもの宛先《あてさき》——ミュージック・サンクチュアリの住所と「ニウさま」と書いた。中身の便せんも引きぬいて、隠児石で大きく「３７９２２」と私の番号を書いた。

ニウの特別な視力が完全に消えてしまったのでなければ、気づいてくれるかもしれない。暗がりでこの封筒はなつかしい青さで輝いて見えるだろう。

＊　＊　＊

「ネヅ、たまごクリームを作ってみる？」と、店主はいった。

いつものように深夜のキッチンで、野菜を煮こむ鍋《なべ》の前に立っていたときだった。

「え」おどろいて、言葉を返せなかった。そのたいせつなクリームを作るには、いまの私では未熟だと思っていたからだ。

「君はすじがいいからね。私は大人になってからこの道に入ったけど、君くらいの年《ねん》齢《れい》から打ちこんだらどんなにすごい職人になるのかなあと――いや、君に麵麭《パン》職人になれなんていうつもりはないんだけど」

店主は頭をかいてごにょごにょといっていた。私は、自分が紅茶街《ティー・シティー》にいるのは23号をさがすためで、ここでずっとこの仕事をつづけるとは思っていなかった。しかしたまごクリームを作れるようになりたいという気持ちをおさえられなかった。気がつくと、店主と私のほかにだれもいないしずかなキッチンで、「やってみたいです」と、落ちついて返事をしている自分がいた。

＊＊＊

仕事から帰ると、キッチンでたまごクリームの復習をする。部屋には、はやりの曲を流している。近ごろはニウの曲の作曲者のべつの曲や、ニウの曲をカバーしている歌手などにも興味が出てきて、音楽の趣味《しゅみ》がひろがりつつある。

たまごクリームは小鍋で煮て作るのだが、熱しすぎるとクリームが固くなってしまうので、火のとめどころの見きわめがむずかしい。たまごをざるでこしながら鍋に入れたら、目をそらさずにじっと小鍋の中を見つめつづける。もちろん手は木べらでたえずクリームをかきまぜながら。香《かお》りづけのオイルもすこしたらす。

高くのぼってきた朝日の光の中、オイルの甘い香りとすきな音楽に満たされた部屋

で、クリームを煮る。味見をしてはまだまだだと思い、火を通しすぎてはやりなおす。

何時間がたったのだろう——ふと、顔をあげると、部屋の中の空気はきらきらとしてしずかで、鍋底を木べらがこする音だけがしていた。いつのまにか音楽が終わっていたのだった。心はとても落ちついていて、いま、この時間がとてもすきだと思った。

ふだんは、はやく23号に会えるにはどうしたらいいだろうというあせりや、仲間と離れてさびしい気持ちがあったけど、この瞬間にとても満足している自分がいた。23号を待っているということを忘れていた。

もうすこしひとりでいて、こんなふうにやりたいことをひたすらやっているのもいいかもしれない。

ニウに必死に手紙を出さなくても、自分の仕事をたんたんとつづけていれば、いつか会えるのではないか。23号も日々、大すきな仕事をがんばっているだろう。私もたまごクリームを完成させるべく目の前の作業に集中している。そうしていれば、それぞれの道はしぜんに重なっていくのではないかと、そんなふうに思えた。

「あっ」

こげくさいにおいに気づき、鍋をゆすると、もうおそかった。うっかり手をとめて考えごとをしてしまっていた。

「やりなおし」

小鍋の中身をすてて、もういちどミルクを温めてたまごを割るところから。そのまえに、また音楽をかけよう、と、窓辺においていたプレイヤーに手をのばす。やっぱりニウがいいな、あいつはいい歌手になったよ、ほんと。

23号がんばれ、おれもがんばる。

＊　＊　＊

夕暮れに部屋で眠っていると、ドアをノックする音が響いた。部屋の中にゼリーのように固まっていた寒気が動いたようだった。私は毛布を体に巻いたままもぞもぞと起きて玄関《げんかん》に立つ。

「はい」といってドアをひらくと、そこにあったのは、もこもこした帽子《ぼうし》につつまれた私とそっくりな顔だった。

「22？」と、その人はいった。

「え？　うん」と、私はいった。

「わー！」

その人は私の首に飛びつき、ためらいなく全体重をかけてきた。私たちは玄関にもつれあってたおれ、その人はワーッ、ワーッと興奮してさけびながら私を抱きしめてごろんごろんと転がった。

「も、も、もしかして、23？」

「23！　アハハ、そうだよ！　なつかしい」

私たちは起きあがっておたがいを見た。もこもこ帽の中の23号からはすごくいい香りがした。23号が頭をぶんぶんと振《ふ》って帽子を落とすと、いなずまのような髪ではなくて、むかしのままのくせ毛があらわれた。その手の中には、私が送った隠児石《かくれごいし》をこすりつけた封筒がにぎりしめられていた。

ニウ——23号はきょうは休日で、あすの午後までいっしょにいられるという。

私の手紙は、数日まえに、事務所の片すみに積まれたファンからの贈《おく》りものの中に発見したといった。暗がりで青い光を放っている封筒を23号は見のがさなかった。

「見つけたときは震《ふる》えたよ」と、23号はいった。

「まだ隠児石が見えるんだね」

「そういえばそうだ。すぐにわかった。おまえは？」

23号は声がわりをしていない。特別な視力もまだのこっているのかもしれない。

「おれはかなり見えにくくなってきたよ」

それにしても、この部屋ではじめての来客が23号だとは。

私がうれしくて笑っていると、彼も私の目をのぞきこんで笑っていう。

「おまえとは、まだ話がいろいろとちゅうだった」

「え？」

「あの治療テントで盛りあがって」

「そうそう。こんなふうにならんで寝ころんで話したっけ」

23号がこの部屋に来てからずっとおしゃべりをしていて、すっかり夜になっていた。

明かりをつけない部屋に、ふたりならんであおむけに寝て、天井いっぱいの先輩ナニュークたちのメッセージを見あげている。

「つい先週別れたばかりみたいだけど、何年会ってなかったんだろう……」

23号がつぶやく。暗くて表情はわからないが、その声は思い出にしずみこむようにくぐもった。

「どうしていきなりいなくなった？」私はたずねた。

「海を見てみたくて、休みの日にひとりで出かけたのさ。海までたどりつくかわからないけど、行けるところまで行ってみようって。

門限には宿舎にもどるつもりで。そうしたら、列車の中で声をかけられた。紅茶街《ティー・シティー》でスターにならないかって」

声をかけてきたのはミュージック・サンクチュアリの社員だった。23号は好奇心《こうきしん》のままについていってしまい、とんとんと話がすすんでナニュークという正体をかくしてデビューすることになった。

「スターにならないかって？　なんだかおとぎ話を聞いてる気分だ」

「ミュージック・サンクチュアリの人には、君はすごく変わってる、君みたいな人は見たことがないっていわれた」

私は小さなランプをつけて、23号の顔を照らした。彼はまぶしそうに目を細めた。

「君のどこが変わってるんだ？」

私たちは、とある少年をコピーして作られたクローンでありながら、この宇宙が始まっていらい一人としておなじ存在のいない、ユニークな子どもたちなのだった。だから、たとえば、23号が21号や25号よりも変わっているとか、24号はふつうだとか、そんなふうに考えたことがなかった。麺麭《パン》屋の店主に「ふつうの男の子だね」といわれたときにも、「君も唯一無二《ゆいいつむに》だね、みんなとおなじように」というくらいの意味だろうと思った。

「俺《おれ》がっていうか、ナニュークが変わってるように見えるのかなあ。そのとき海へゆく列車の中で、俺が光ってたっていうんだよ。水面《みなも》がキラキラするみたいにまわりに光をふりまいて、重さなんてない感じで、どこへでも行けそうに、自由そうにそこに立ってたって――」

そこまでいって、23号はおかしそうに笑った。

「自分のことそんなふうにいうの、ばかみたいだけど、俺じゃなくてその人がいったんだからね。――俺があんまりキラキラしてるから、自分とおなじ人間なのかしらって何度も目をこすって、ちょっとこわごわ声をかけたんだって」

「キラキラ？　こわごわ声をかけた？」

私は笑った。23号はいう。

「俺が光ってて自由そうに見えるっていうけど……だれでもそうなんじゃないの？　って俺は答えた。そうしたら、みんなそれを忘れているんだ、だから思い出すための手伝いをしてほしい、それがスターの役目なんだよってその人はいうんだ」

「それで？」

「役目とか興味ないって答えた。みんなのためだなんて、めんどうなことはごめんだ」

ミュージック・サンクチュアリの人に「興味ない」と突《つ》っぱねる23号のすがたを想像すると痛快で、私はぞくぞくした。

「じゃあもう君はすきなようにやっていい、君を見れば、みんな自分が光ってて自由なんだと思い出すだろうから、って。それなら俺、やってもいいなと思ったんだ」

私は暗がりの中でも目を見ひらいて、23号の話のつづきを体にしみこませるように聞いていた。やはり、23号の声を聞くほどに体が軽くなっていく。

23号はつづける。

「都会の人って、いがいとナニュークの存在を知らない。半分伝説上のものみたいに思ってる。でも気づく人はいて、ニウはナニュークだっていううわさが時どき起こる。さわがれるほどに注目されて、俺を知る人がふえる。みんなが俺のことをナニュークだ、ナニュークじゃない、男だ、女だって論争してるあいだに、こっちはそんなのおかまいなしであちこちで歌って、踊って、演技もして、たくさんのファンと出会って楽しんだよ」

「すごいね」

「海も見た」

「見たんだ」

「仕事で外国に何度も行ってるからね。きれいな海、荒《あら》っぽい海、人でいっぱいの海。ある国の、立ち入り禁止の天国みたいな海にも招待されて行ったよ」

「へえ」

「ほしいものはなんでも手に入ったしなんでもできた。でも……」

目覚ましが鳴り、麺麭屋に出勤する時刻になった。いつもは寝ているはずの時間に23号としゃべりとおしてしまった。あまり休めていないけど、しかたがない。

「ごめん、俺がはしゃいで、しゃべりすぎたから」

鏡に向かって身じたくをする私の背後で、23号はすまなそうにいう。

「いいんだよ。ひさしぶりに会えて楽しかったのはおれもおなじ」

「…………」

鏡の中で、心細そうにこっちを見つめる23号。さっきまではこらしげに威勢《いせい》よく、仕事のことを話していた彼とは別人みたいだ。

「どうした？　おれならほんとに大丈夫だよ」

「俺、このまま部屋にいてもかまわない？　――だめなら帰るけど」

「もちろんかまわないよ。なんだきゅうにしおらしくなって」

「…………」わからない、というように23号は肩《かた》をすくめる。「友だちができない」

「え？」

「こいつとは気があいそうだと思ったり、楽しくなっちゃうと、ガーってひとりで盛りあがってしゃべったり騒《さわ》いだりしてしまう。それでびっくりされたりあきれられたり。だれとも口をききたくなくて、しずかにひとりで海を見たいようなときと、寝るのも忘れてしゃべりたいときと、極端《きょくたん》なんだ」

「たしかに治療テントでも君すごくしゃべってたな。保健係に何回注意されてもぜんぜん聞かなくて、治療ルーム追い出されそうになったっけ」

「楽しかったんだよ、22と話すのが」

「おれも楽しかったよ。だからいい思い出。——もう行かなくちゃ」

「ここで待ってるよ」

「いい子でいなさい」と、教師のような口調で私がいうと、23号はやっと安心したようににっこり笑った。

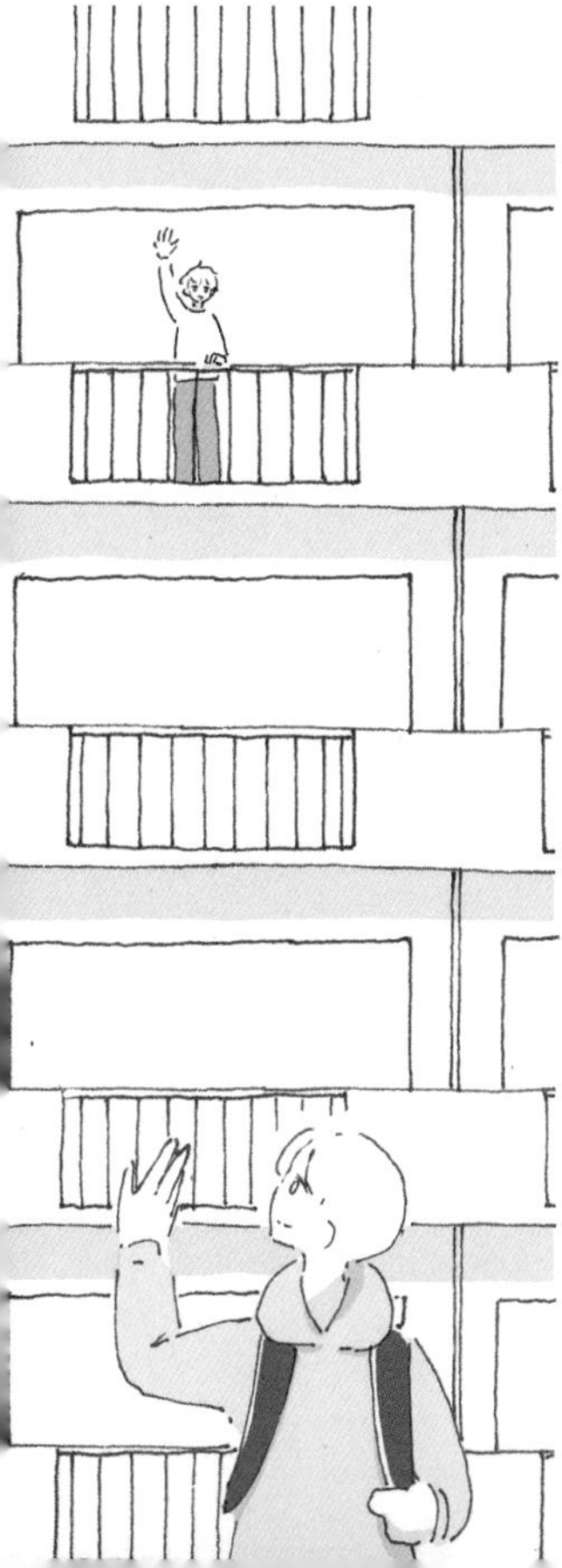

その日は、私の作ったたまごクリームに店主から合格点をもらえた。寝不足だったはずなのに、むしろ体はよく動いて頭もさえ、いつもより味覚がするどくなっていた。私のたまごクリーム麵麴のできがどのくらいかというと——まだふだんの商品として売ることはできないけど、もしも店主が麵麴を作れない日があったら代理で出してみることはできるかもしれない——くらいだそうだ。

朝がきて、店を出ると日のあたる戸口でサングラスをした23号が待っていた。トイレでもがまんしているみたいに足を交差させて立っていたものだから、私はおかしいやらおどろくやらで、笑ってしまった。

「部屋にいるんじゃなかったの?」

「22、ほんとに帰ってくるかなと思って。——なんで笑う?」

「いや、べつに」私は笑いをこらえていう。「帰るよそりゃあ。待ちきれなかった?」

23号の頭にぽんと手をおくと、彼はへへっと笑った。

「おまえ働いているところが見えた、窓から。ずいぶん手ぎわよくつぎからつぎへと料理できるんだな、すごいよ」

「きょうはこんなの作った」

私はかばんから透明《とうめい》な容器を取りだし、23号に渡す。

「なにこれ？」

「たまごクリーム」

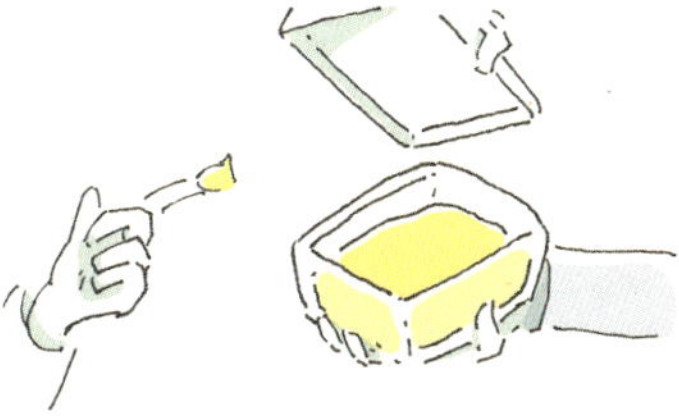

23号は指ですくってクリームをひとくち食べ、「うまい！」とさけんだ。

「なにこれなにこれうまい、なんかなつかしい。食堂でこんなの出なかった？　鍋いっぱいに。それを当番がひとりぶんずつ皿にすくって……」

「そう、じつはその味を思い浮かべながら作った」

「ああー、なにこれうまい。ほんとうまい。泣ける」

「ハハハ。麺麹ももらったから、麺麹につけて食べよう」

23号は「あ」という。なにかを思い出したようだ。

「なに？」

「３７９２２号本日到着。３７９２３号をむかえに来た、って」

「うん」

「書いてあった。天井に」

「書いてあるね」

「おまえが書いた？」

「書いたよ」

「俺をむかえに来たの？」

「——海で暮らしたいっていってたのおぼえてる？」

「え」

「おれにも、よかったらどうっていったのおぼえてる？」

「おぼえてる。おぼえてるよ」

「おれあれから、卒業したら海で暮らしたいと思うようになった。それである朝、いまだ、ってわかった」

「ああ」23号は目をつむった。「それを、ほんとに」

「うん。それまで卒業ごのことなんて考えてもみなかった。でも君のあの言葉で、そんな生きかたもできるんだなと思って」

「なんでもできるさ」23号は笑った。

その笑顔はほんとうにフワッと、上質な油のように軽くて、ミュージック・サンクチュアリの人が声をかけずにいられなかったのもわかる気がした。

「23、まだ海で暮らしたいと思ってる？

もう海なんて見あきた？」

「あきるわけないよ。毎日表情がちがうんだから、海は」

23号はつづける。

「そろそろ辞《や》めたいって、社長には伝えてたんだ」

「え⁉」

「声がわりがはじまれば性別不詳《ふしょう》じゃいられない。あとすこしさ。そのまえに、正体不明のまま引退するのがいいだろう。そんなふうに考えてた」

「そうだったのか」

「この仕事を辞めたら、22を宿舎にむかえに行くつもりだった。行く手間がはぶけた」

「やっぱり、いまだったってことだな」

「海で暮らす」23号は目をとじてうっとりとつぶやく。「しずかな海で暮らす」

おしらせが あります
私ニウは、今夜 このステージをもって
引退します!
どこのだれかも わからない私を 愛してくれた みんな、 ありがとう
私も みんなを、どこの だれかも わからないまま
愛しています

私からは みんなが
発光しているのが
よく見える
たくさんの光の
集まりが、ニウに
とっての世界でした
この目に映る
いつかこの体も
名前も消えて
すがたかたちは
変わっても

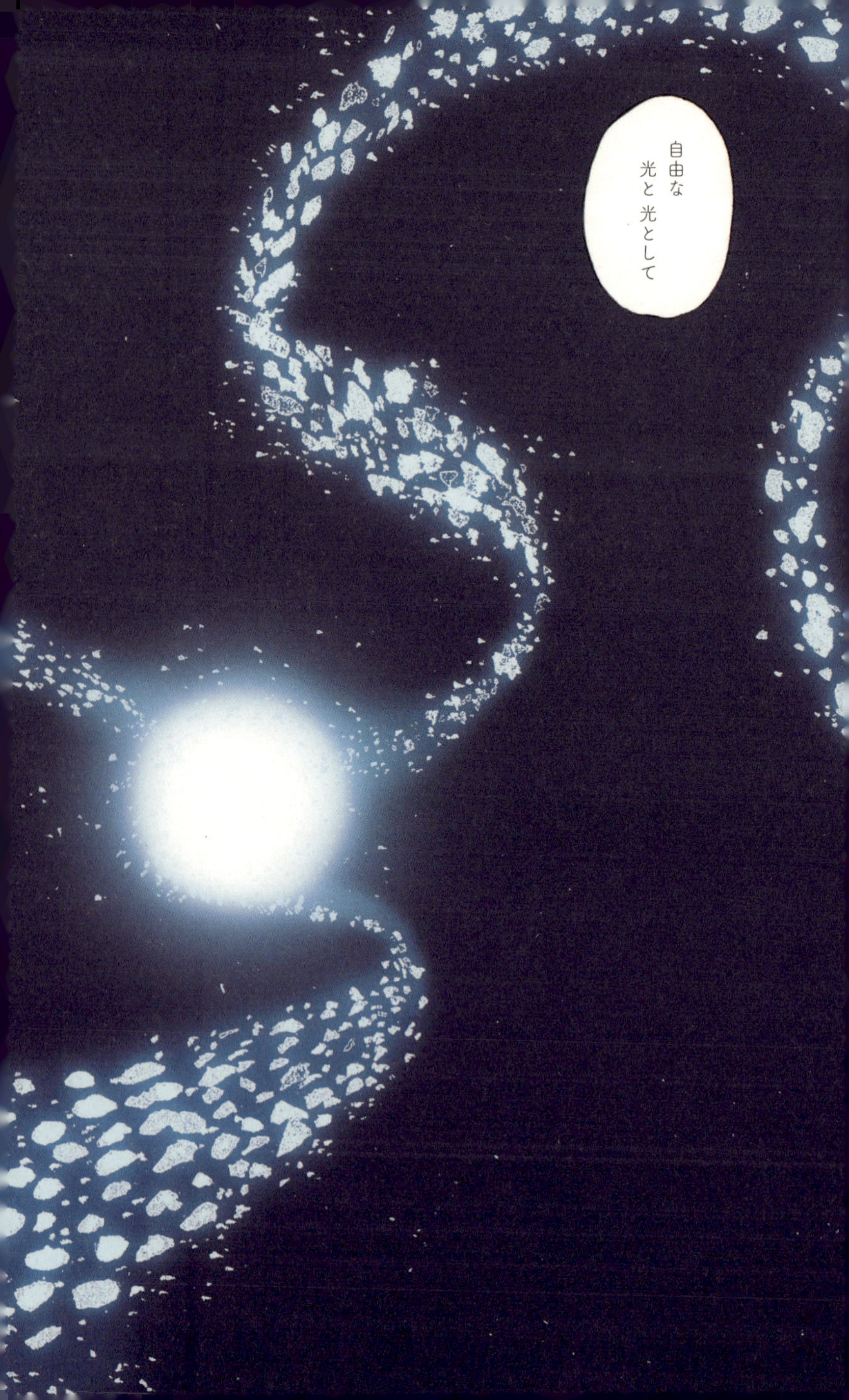
自由な
光と光として

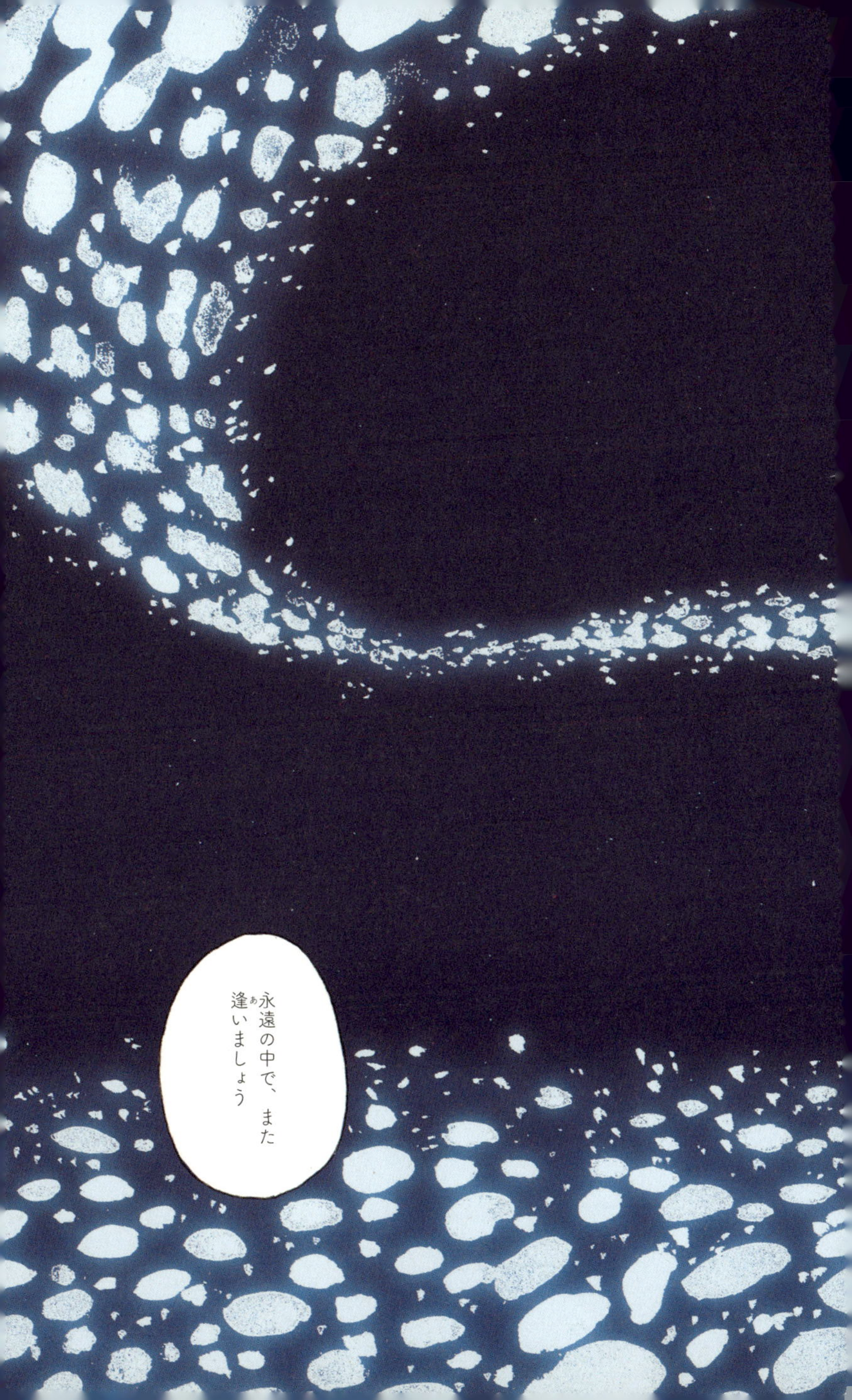
永遠の中で、また逢《あ》いましょう

※ ※ ※

私と23号は海を見おろす丘《おか》に家をもった。ふたりで麺麭《パン》を作って売って暮らした。

たまごクリームの麺麭は私たちの店の名物になった。

隠児《かくれど》石《いし》の採掘量は年ねんへっていった。都市——とくに紅茶街《ティー・シティー》では、それまで隠児石を使用していたところでそれに代わる素材や技術が中心となってゆき、私たちのいた採掘場はだんだんに規模が小さくなった。

後輩たちは卒業ごに採掘場にのこらず、人間の社会に出てくる者がふえてきたらしい。人間たちと出会い、いろいろな仕事につき、人びとの生活の中にとけこんでいった。隠児石の光を見ることはできなくなっても、自分たちにとってたいせつなものを感じる力はいつまでものこり、ナニュークたちはその感覚をたよりに、都市だけでなくいつしかこの星ぜんたいに散らばっていった。

私たちは、吹《ふ》く風や夜空の星、日なたの暖かさや水の冷たさ、目に映る色や空気のにおいの中に、ナニュークたちがみんな自分らしく生きていることを感じながら暮らした。

やがてナニュークは作られなくなった。

かつてニウというスターがいたことを人びとが忘れたのちも、私たちは軽やかに、光り輝いているものとして暮らした。

雪舟 えま（ゆきふね えま）
1974年札幌市生まれ。
歌集に『たんぽるぽる』（短歌研究社）、『はーはー姫が彼女の王子たちに出逢うまで』（書肆侃侃房）、小説に『パラダイスィー8』（新潮社）、『凍土二人行黒スープ付き』（筑摩書房）、『恋シタイヨウ系』（中央公論新社）などがある。
https://yukifuneemma.com/

カシワイ
イラストレーター・漫画家。
漫画に『107号室通信』（リイド社）、装画に『凍土二人行黒スープ付き』（筑摩書房）、『洗礼ダイアリー』（ポプラ社）などがある。
https://sankakukeixyz.wixsite.com/kfkx

ナニュークたちの星座

2018年11月20日　初版発行

文　雪舟 えま
絵　カシワイ
デザイン　こまゐ図考室
発行人　田辺 直正
編集人　山口 郁子
編集担当　郷原 莉緒
発行所　アリス館
東京都文京区小石川5-5-5　〒112-0002
TEL 03-5976-7011　FAX 03-3944-1228
http://www.alicekan.com/
印刷所　株式会社 光陽メディア
製本所　株式会社 難波製本

ISBN978-4-7520-0852-1　NDC913　96P　20cm

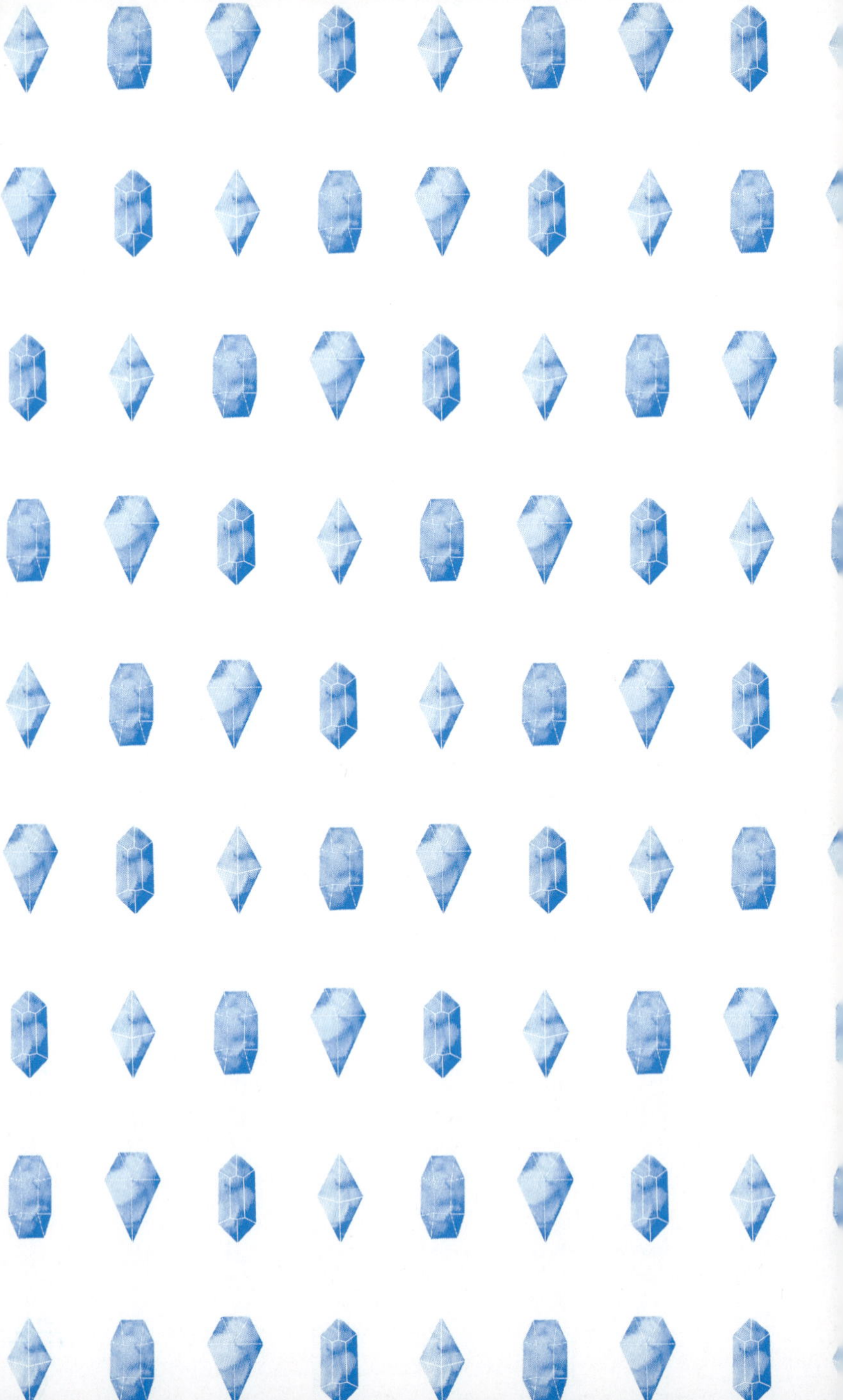